KB083175

마음의 골목

시와소금 시인선 · 149

마음의 골목

김옥란 시집

시와소금

▌김옥란

- 경북 영덕 출생.
- 2000년 월간 《문학공간》 신인상으로 등단.
- 시집 『마음에 그리는 수채화』(2014).
- 강릉문학 작가상 수상 (2013).
- 백교문학 우수상 수상 (2014).
- 강원여성문학상 대상 수상 (2021).
- 강원여성문학인회 사무국장 (2011~2012).
- 현재 강릉문인협회 이사, 관동문학회 이사.
- 강원문인협회, 강원여성문학인회, 문학동인 열린시, 백교문학 회원.
- 전자 주소 : silimi66@hanmail.net

정말 이뻐서 꼭 깨물어 주고 싶거나
그 속에 풍당 빠지고 싶은
온몸에 몸살이라도 흠씬 나고 싶은
반해서 상사병이라도 나고 싶은
그런 시 한 편 써 보고 싶었다

마음대로 안 되는 것이 시 뿐이랴,
초보 농사꾼이 유난히 더운 2022년 여름 볕에
천오백 평 들깨를 심는다고
새벽 세 시 반에 일어나 삼십 분 승용차로
며칠을 오가며 심었는데
어린 모종이 강한 볕에 찜통 된 비닐 온도를 못 견뎌
새까맣게 타죽었다

사는 일이 공부의 연속이다
생生을 반으로 접었다 펴보니 여백이 얼마 안 남았다
시 농사도 밭농사도
오늘 모자라면 내일 더 보태고
내일 부족하면 모레 더 노력하며 살 일이다

2022년 찜통더위 속에서
두 번째 시집을 묶는다

김옥란

| 차례 |

| 시인의 말 |

제1부

제2부

제3부

제4부

제 1 부

꽃이 핀다

꽃이 핀다
화단에서도
후미진 돌담 아래서도
핀다는 것은 일어서는 일
어디서든 일어서는 일
도시의 화려한 불빛 아래서 건
한적한 시골의 들길에서 건
기죽지 말고 꼿꼿하게
힘차게 일어서는 일
봄이다
사람이 핀다

소리

나무를 타고 쏟아지는
참새들의 지저귐
그 폭포 아래 서서
귓구멍이 메이도록
소리를 담는다

적막강산 내 집에
풀어놓으려고
귀 열어 쏟아보니
오는 길에 다 흘렸는지
헛헛한 고요만 남아 있다

매듭달

저문 강둑에 나를 앉혀두고
텀벙텀벙 물소리를 지고
누군가 떠나네

기별 없이 온 것처럼
가는 모습 또한 덤덤하여
안달하며 매달렸던 나는 손을 놓네

바람이 쓸어내는 빈자리로
차가운 허기가 밀려와
눈물샘을 허무는데

한바탕 이별 굿판 화려했던
만추의 늦은 골목으로
나도 같이 저물고 있네

내 詩는

거미줄에 걸린 물잠자리의 영혼이야
우리를 탈출하여 후미진 골목에 숨어있던
어린 염소의 슬픈 울음이야
휘두르지 못한 솜방망이야
쑥스러워 입 밖에 내지 못한 혼잣말이야

소나기

마른 밭에서
땅콩 어린싹이 힘겹게 고개를 든다
씨앗을 넣고 한 줌씩 얹어 마무리한 흙이
가뭄에 돌덩이가 되었다
가냘픈 모가지가 안쓰러워
흙덩이 치웠더니
모자 잃은 어린잎이 햇볕에 타 죽었다
과잉보호가 빚은 참사를 딱하다는 듯
하늘이 혀를 끌끌끌 차더니
따발총처럼 비를 쏘고 간다
하늘의 심폐소생술이다

뻐꾸기

할미새 둥지에 새끼를 맡기고
일주일에 한 번씩 날아와서
아가야 할미 새끼 아니고 뻐꾸기 새끼야
뻐꾹뻐꾹 목이 쉬도록 어미 말을 가르친다

구름에 걸리고 달에 밀리는 수백 리
깜깜한 바퀴를 굴리며
이산 저산 뻐꾸기가 운다
새끼는 어미가 낯설어 울고
어미는 이별이 야속해 운다

밖은 어둡고 어수선한 계절
그 한 가운데를 경유하여
주말이면 어김없이 찾아오는 뻐꾸기 소리
오지도 가지도 못하고 그리움 속에 갇혀 있다

고슴도치

너를 잃고 나는 알았네
우리가 고슴도치였다는 걸
먼 곳에서 바라볼 때는
못 견디게 좋아 보이던 풍경도
가까이 들여다보면 엉성하게 비어 보이는 것처럼
제 몸에 바늘이 있다는 걸 모르고 있었어
좋아한다는 건 아껴주고 보호해주고 싶다는 것
다 아는 공식이지만
보이는 것과 보이지 않는 것 그 차이만큼이나
마음은 멀고 바늘은 가까웠지
돌이킬 수는 없지만
멀리서 들려오는 너의 발자국 소리 마중하며
울타리처럼 장전된 바늘 하나씩 뽑아
틈을 기워 가고 있는 중이야
너무 가까이는 말고
아주 보기 좋을 만큼만 가려고 해

너에게

나의 간절한 기도는
너를 향해 있고
울고 웃는 감정 조절의 타이머도
너에게 맞추어져 있다
생각이 깊어지는 밤
멀고 먼 길로 너는 걸어와
잠들지 못하는 나의 이마에 손을 얹고
너로 인해 백번 천번도 더
기뻐하고 행복해한 날들을 짚어낸다
사랑도 욕심이라
불면의 괴로움은 준 것보다
바라는 것이 많은 데서 왔구나

가을비

창밖에 발자국 소리
자박자박 가을이 오네

땀 냄새 좇아오던 모기 대신
맨살에 오소소 소름 돋네

저 비는 어느 골목을 지키고 섰다가
가을을 데리고 왔을까

강 건너 마을, 발정 난 수사슴의
울음소리 길게 젖는 밤

빗소리가 분주하고 들뜬 여름을
쓰다듬어 재우네

월정사 선재길

스님들이 빗자루로 그려놓은 빗살무늬가
일렬로 서서 숲으로 가고 있는 선재길
가만 서서 보니 숲으로 드는 것이
빗살무늬만이 아니다
전나무 사이로 가늘게 몸을 쪼갠 햇살도 들어가고
요리조리 걸림 없이 바람도 들어간다
날쌔게 바위로 올라가 가부좌를 트는 다람쥐
여린 몸 맞대고 삼매에 든 풀잎들 사이로
한 줄기 향기로운 천궁의 향공양
숲 식구들의 법회가 열리나 보다

나는 그 법회에는 한 발짝도 들이지 못하고
선재를 찾아 바삐 오르내렸지만
가도 가도 까마득한 무명의 길이더니
사람을 피하지 않고 쪼르르 달려오는 다람쥐로도
아장아장 걷고 있는 천진 동자로도 선재는 왔음을
내 속에 고요 한 채 들이고 알았다

요란하게 끌고 온 몸도 없고
무겁게 들고 온 마음도 없어지고
온전한 숲이 되었을 때야 비로소
환하고 그윽한 그 길이 선재임을 알았다

비에 대한

비는 구름의 비늘이다
몸 한 번 뒤척일 때마다
후루루 쏟아지는 묵은 때다
비는 땅의 자궁 속으로
흐르는 정충이다
수천만 꼬리 수직으로 사라진 곳에
파릇한 새끼들
통통한 혈관에서 빗소리 들린다
비는 참젖을 가진 어머니다
수천수만의 새끼들 목구멍으로
젖 넘기는 소리
쑥쑥 자라나는 생명들이 증표다
비는
비는 최루가스다
꽃잎 흩날리는 봄
낙엽 지는 가을
수도 없이 앓아 이골 난 면역을

일거에 무너뜨리는 일등 사수다
그래서 비는
이성으로 거스를 수 없는
하늘의 자식이다

의자

산이 앉았다 간 나무 의자
그 딱딱한 질감조차 마냥 좋아서
겁 없이 몸 풀었던 시절 있었습니다

한번 자리를 정하고 나면
쉽게 엉덩이 털고 일어설 수 없다는 걸 알았을 때는
진력이 나고 배기기 시작한 때였습니다

불편함이 묶어준 결속이긴 하지만
바라보는 방향이 같다는 것만으로도
세상에 대항해 우리는 한편이 되었습니다

아픔의 조각들 모여 푹신해지는 시간
어스름에 둥지 찾아드는 새들처럼
낡은 의자에
남은 나를 탈탈 털어 풀어놓습니다

봄

노란 사발이 오토바이에 빨간 헬멧
인적 드문 외딴집
손님이 왔네
활짝 열린 문 안으로 개복숭아 분홍빛이 줄지어 들어가고
떼로 깨어난 개구리 소리도 와자하게 따라 드네

환영이 저리 요란하니
손님이 궁금하여 봄 햇살도 빙글빙글 나도 기웃기웃
홀로 늙어가는 외딴집에
오토바이 고여 놓고 이야기보따리 푸는
저 다정이 봄처럼 귀하네

꿈

거짓 없는 맑은 얼굴이다
의식 속을 휘저어 건져낸 건더기를
마음이 가장 고요할 때
따지듯 들이대는 것이다

변명하고 뒤집어도
등 뒤로 가보면 보이는 빤한 민낯
잊어버린 걸 잘도 저장했다가
어느 날 문득 들이대는
언젠가 남몰래 꾸몄든 음모

상사화

계절의 새벽을 헤치고 나와
시린 손 호호 불며
발 동동 구르며 너를 기다린다

외진 기다림의 골짜기에 다다라
지나간 생을 뒤적이며
오던 길 찬찬히 되짚어 본다

굽은 길 어디쯤에서 너를 놓치고 왔을까
본 듯 못 본 듯 희미한 기억을 당겨 놓고
목숨 시들기 전 보자고 보자고 하염없이 기다린다

앵두꽃

새들이 고운 부리로 쪼아 준
분홍 잇몸 위
눈부신 봄의 어금니가
추운 그림자를 잘라내고 있다

수시로 칫솔질하는 바람
촘촘한 이빨에 물린 꿀벌들의 발길질에
풍치처럼 흔들리며 흔들리며
하얀 꽃잎이 떨어진다

산벚꽃

봄 산은 청빈한 노스님의 장삼
새들이 부리로 누덕누덕 톺아놓은
분홍 실밥 여기저기서 터진다

낙엽

하소연 들어줄 산은 귀가 먹었는데
저 혼자 붉으락 푸르락 하다가
제풀에 지쳐 떨어지는

제 2 부

아이가 태어난다는 것은

최소한 예닐곱의 간절함이 이루어지는 것이고
예닐곱의 가슴이 졸아드는 시시각각을
잘 넘기고 오는 것이다
아이가 태어난다는 것은
예닐곱의 기쁨과 그리움을 담보로 오는 것이고
예닐곱의 웃음을 책임지고 온다
자랑으로 오고 휴대폰을 도배하기 위해 온다
아이가 태어난다는 것은
윤회의 길에 지어놓은 인연이 오는 것이고
평생을 품고 갈 꿈이 오는 것이고
아직 열지 않은 세상 하나가 오는 것이다

사랑

자식에 대한 사랑은
이미 흘러가버린 강물
연어처럼 거꾸로 거슬러 오르는
모천 회귀는 없다
오지 않을 사랑인 줄 알면서
당신이 가진 사랑은 다 퍼 주는
이 세상에서 가장 계산 없는 거래
그 사랑의 내림으로 나는 살고

걱정이 기도가 되고
기도가 생활이 되는 사랑의 진리
살다가 어찌 아찔한 순간 없었으리
날마다 아슬한 난간을 딛고 살면서
추락하지 않고 살 수 있다는 건
흘러가는 강물 뒤에서 손 모으는 당신
이 세상에서 가장 정갈한 마음의 기도
그 기도의 내림으로 너는 살고

이사

이삿짐을 정리하다가
한 켠에 모아둔 버리고 갈 짐
애지중지 아끼던 것 중에서
묵은 순서대로 뺀 것인데
꼭 쓸모가 있을 듯하여
하나 건져내고 둘 건져내다 보니
버릴 게 없어진다

동인병원 중환자실에
두 달간 세 들어 사시던 아버지
구십여 년 묵은 몸 하나 달랑 싸서
하늘나라로 이사 가셨다
아버지가 정리해서 버리고 간 짐 속에
안아주고 업어주며 키운 오 남매
그 진득한 사랑도 아낌없이 버리고 가셨다

그해 겨울

아침밥 푸던 엄마의 손에서 주걱이 부러졌다
전날 마신 술의 취기를 앞세우고
무거운 발걸음으로 아버지가 출근하던 날
오래지 않아 혼비백산 병원으로 달려간 엄마는 오지 않고
알 수 없는 불길함으로 숨소리조차 두렵던 밤
남겨진 어린 것들의 가빠진 날숨에
죽었다 살아났다 호롱불 그림자 바람벽을 날아다녔지
울음이 절벽으로 서 있는 눈
엄마 오시나 창호지 문틈으로 내다본 밖은
얼음처럼 차가운 달빛이 새파랗게 날을 세우고 있었고
가랑잎은 마른 손톱으로 빈 마당을 할퀴고 있었어
목구멍으로는 헛바람만 들락거렸고
미농지처럼 얇아진 귀에는
동화 속 무서운 이야기들이 들이닥쳤지
어린것들의 눈에서 울음의 절벽이 무너지기 시작했어
막내가 기어이 폭포를 쏟아냈고
열두 살 큰 누나는 물줄기가 된 막내를 업고

"엄마 어디까지 왔나?"
"주막거리까지 왔지."
"엄마 어디까지 왔나?"
"문진네 집 앞까지 왔지."
"엄마 어디까지 왔나?"
"덕술네 집 앞까지 왔지."
다음은 우리집인데 더는 시간을 늘일 수 없는
큰누나의 목소리에 울음이 실리기 시작하는 순간
마당으로 들어서는 급한 발자국 소리
"엄마다!"
주술에 걸린 토끼처럼 귀가 늘어져서 돌아온 엄마는
품에 안긴 어린것들의 울음 뒤에 숨어 오래 울었지
아버지의 오른손을 가져간 그해 겨울 악몽 같은 밤

보름달

소풍 간다고 어머니가 주신 용돈
보름달빵 한 개 하드 한 개가 전부
모처럼의 쌀밥에 마른오징어 볶음
소풍날의 특식은
씹을 사이도 없이 목구멍으로 넘어가고
집에 있을 동생 생각에 남겨놓은 보름달빵
염치없는 허기가 자꾸 유혹하여
한 입 반 입 반에 반 입 도둑맞은 것처럼 이지러지던 달
해 긴 오월을 견딘 찌그러진 반달이
동생의 얼굴에서 환하게 보름달로 뜨던 시절

시간의 속도에 지쳐서 돌아오는 밤길
하늘에는 갓 구운 빵 같은 보름달
배고픈 시절처럼 아껴 쓰다 남겨서
양쪽 고관절 수술로 바깥 구경 못 하고 있는
어머니 가져다드리려 했는데
시간의 허기는 염치도 없이 바람처럼 달려

어느새 홀쭉해진 그믐달
시간을 파먹은 나이만 대책 없이 늘어
어머니에게 가는 길은 더디기만 하네

엄마

공부, 공부 노래 부르던
엄마가 가버렸습니다

늦게 다닌다고, 씀씀이 헤프다고
지청구가 끊이지 않던 잔소리쟁이 엄마가
췌장암이란 낯선 놈의 힘에 눌려
불러도 대답조차 없습니다

스물다섯 해 동안
나의 시중만 들어주시던 엄마가
겨우 일 년도 못 채운 내 시중을
마다하고 가버렸습니다

이제야 엄마의 노래
그 잔소리들의 의미를 조금 알 듯한데
야속하게도 엄마는 내게
더 어렵고 큰 숙제를 던져주고 가버렸습니다

울다가 지쳐 한잠 자고 나면
장 보러 갔다 온 것처럼
엄마가 내 머리맡에 돌아와 계신다면
얼마나 좋을까요

혼자 풀어야 할 숙제가 너무 어렵고 겁이 나서
엄마를 부릅니다, 어린아이처럼
그런데도 한번 가신 엄마는 나를 달래주러 오시지 않고
남처럼 바라보고만 있습니다, 사진이 되어서

어머니가 읽는 책

오월 초입을 흔들어놓은 세찬 바람 끝에
'피해 없느냐' 며 달려온 목소리
흐려진 시력으로
빼곡한 내 삶의 행간을 읽으시고
근심으로 밑줄을 그으십니다, 당신은

내가 아프거나 내 아이들이 아플 때
일상을 접어 자동차처럼 타고 왔고
예기치 못한 사고에 손이 필요할 때
당신의 손은 해결사처럼 달려왔습니다.
나는 그 근심을 양식으로 커왔고
살이 올랐고 세월을 견뎠습니다

우리는 같은 눈으로 같은 길을 읽고 있는 것 같지만
나는 아직
어머니를 다 읽지 못하는 까막눈입니다
숱한 밤을 혼자 아파하며 지새웠다는

당신의 일흔을 까맣게 모른 채 단잠에 빠져 있었고
걸음마다 주저앉고 싶은 다리를 끌고 일상을 견디는
당신의 여든도 속속들이 다 읽어내지 못했습니다

이렇듯 깜깜한 나를
당신이 아닌 누가 알뜰히 정독할까요
이제는
촉이 닳았을 당신의 근심이 여전히
예순이 다 된 자식을 읽으며 밑줄 긋고 있다는 것이
너무 뜨거워 가슴 데이는 오월입니다

밤바다

뱃가죽 푹 꺼진 초사흘 달이
똘똘한 별 하나 데리고 먼저 와 있네
온종일 모습 보이지 않더니
어디를 그렇게 쏘다니다 왔을까

회색 체크무늬 벌집 같은
한 칸 얻어 들 요량으로
새파란 것들 없는 척 숨겨두고
아파트 숲을 헤매다닌 게야

파도가 소리치네
내려오너라, 낮은 곳으로
식구가 다섯이면 어떻고
열이어도 괜찮다

숨어있던 별들이 여기저기에서
반짝반짝 모습 들어내네

세상 만물이 다 담겨도
넘치지 않을 넉넉한 집이네

살았을 때 죽은 것 같이

수십 년 투석하면서 웃음을 잃지 않던
그녀가 갔다
살아생전 화끈한 성격답게 오뉴월 삼복 중에 갔다
지난해 응급실로 실려 가느라
내 딸 결혼축의금을 못 보냈다고
머지않아 또 결혼할 아이가 있다는 데도 기어이
계좌를 불러달라며
언제 죽을지 몰라 살았을 때 갚는다던 그 말을
나는 왜 농담처럼 가볍게 들었을까
몇 번이나 살림살이를 버리고 입던 옷을 태웠는데
다시 살아났다며 자주 좀 보자고
해바라기처럼 웃던 그녀
그 겉모양만으로 천년만년 살 것처럼 여겨
죽음을 준비하고 있는 사람의 간당간당한 시간을
살기 바쁘다는 핑계로 미루기만 했다
나를 동창회에 보내주지 않으면
처갓집 못 오는 줄 알라고

내 남편에게 호기롭게 협박하던 고향의 터줏대감
너를 잃어버리고서 무슨 소용 있다고 늦은 밤
먼 길 달려와 반겨주지도 못하는 너를 마주하는구나
살았을 때 죽은 것 같이 달려올 것을
참 어리석다, 사람아

마음의 골목

발길 뜸한 초라한 간판 아래서
남의 눈을 살피며 서성거린다
입맛을 잃고 검불처럼 말라가는
늙은 어머니를 위한 선택이라지만
'개고기 팝니다'
붉은 글씨 아래서 쩔쩔매고 있다
돌아보면
수십여 년 전 어머니는
자식이 객지 생활에서 병을 얻어 그 품으로 돌아왔을 때
망설임 없이 집에서 기르던 개를 끌고 도살장으로 향했다
치마꼬리를 붙잡고 울며 매달리는 어린 아들을 뿌리치고
집을 나서는 당신의 눈에서는 불꽃이 일었다
지극한 불심도, 속 깊은 측은지심도 병든 자식을 위해
티끌처럼 버렸던 어머니
사람들의 수군거림과 따가운 시선이 여린 당신을
지옥으로 내몰 때도 단단한 척 버티며
남몰래 울어서 행주치마가 늘 젖어있던 어머니

자식을 살리려고 끓인 애간장이 졸아들어서
뼈에 가죽만 남은 어머니
그런 어머니를 두고
모자라는 자식은 중앙시장 골목 어느 간판 아래서
남의 눈과 한 판을 겨루고 있다

5월에 쓰는 반성문

어버이날이라고 찾은 친정집에서
그림자처럼 고요한 어머니
새 모이만큼의 식사로 겨우 목숨만 부지하고 계신다
마련해 간 음식을 쓴 약자시듯 하는 모습에서
고독의 그늘이 두껍다
식사는 가족이 함께하는 거라고
천 번도 알려주고 만 번도 고쳐 주셨을 텐데
우리는 그 가족 중의 한 사람을 잊고 살았다

수십 년 혼자 한 밥상의 외로움이
어머니의 입맛을 가져가고 몸을 병들게 했다
누구나 알면서 누구도 약이 되지 못하는 세상
어쩌다 내미는 처방조차도 손사래로 거부하시는
저 단단한 생의 교과서
몸을 받고 정신을 받고 살아가는 방법까지도 받았을
우리가 따라가는 어머니의 길
오월 사모정 가는 길은 바람도 반성문을 쓴다

집 부처

코로나19로 미루어진 초파일 법회
윤사월이 있어 얼마나 다행인가 싶다가도
빨간 글씨인 진짜 초파일과 토요일인 윤사월 초파일은
가게를 하는 우리에게는 큰 차이가 있는지라

아침 일찍 분주하게 준비하여
법회에 참석하려고 막 문을 열고 나서는 찰나
남편이 먼저 들이닥쳤다
출장 타이어 교체가 있다고
어제부터 쫓아다닌 일이긴 하지만 하필 지금

그것은 가게가 빌 것이니 나가지 말라는 압박이다
평생을 사업하는 남편 일정에 맞추어 살아왔으니 어쩌랴
순순히 포기, 그래도 속에서는 자꾸 열이 난다
입었던 옷 벗어놓고 머리끈 동여매며 한 생각 바꾸어
그래 당신이 부처다 가슴에 타오르는 불 끄니
내 집이 법당이다

그 여자가 가는 길

파란만장을 앞세우고
그녀가 가네
눈물 한 줄기 없는
사막 같은 길을 건너가네
정갈하고 매무새 곱던 그녀가
무슨 말 못할 천형으로
자식에 손자 증손까지 앞세우고 먼 길을 가네

들락날락하던 정신줄을 뚝 끊어서 가네
서럽고 고단한 청상의 날들
두루마리 편지처럼 말아 쥐고
새파랗게 젊은 신랑 곁으로 백발이 되어서 가네
세상에 왔다 가는 자리가
당신처럼 정갈하고 깨끗하네
돌아볼 것 없는 이승
가시는 걸음조차 가볍겠네

그리움

우리 둘이 그림자처럼 사는 집에
새파란 아이들이 다녀간 날은
잊고 있던 그리움이 더 생생해져
안팎이거나 모서리 공간 다 젓는다

거리의 여자처럼 글썽이며
천방지축 따라 나갔던 마음이
북새통으로 일으켜놓은 먼지가 가라앉듯
한 이틀 지나 고개 꺾고 돌아오는 곳에

주름살처럼 와 있는 기다림
적막도 버무려 밥으로 먹고 사는
세월 무거운 우리는 남고
걸음 가벼운 아이들은 떠나서 산다

어미

조막만 한 뱁새가
덩치 제 몸의 열 배는 됨직한
뻐꾸기 새끼에게 쉴 새 없이 먹이를 물어다 주느라
날개에서 바람 소리가 난다

우리는 모두 뻐꾸기 새끼지
몸도 마음도 어미보다 훌쩍 커서도
둥지 속의 보살핌을 흔적처럼 안고
큰 부리로 기다리고 있지

별난 먹거리라도 생기면
자식의 둥지로 물어다 주지 못해 안달인
어미의 지저귐을 노둣돌 삼아
서슬 푸른 세상의 강을 덤벙덤벙 건너가지

서른이 되고 마흔이 된 덩치로
늙고 작아진 어미가 물어다 주는

된장, 고추장, 김장, 이지가지
둥지 속의 뻐꾸기 새끼처럼 잘도 받아먹지

이 세상의 모든 어미는 뱁새지
손바닥만큼 가진걸
방석만큼 갖고 있는 자식에게 더 주지 못해
날갯짓 바쁜 어미의 눈먼 사랑이지

아픔도 지나고 나면

십여 년 전 태풍에 쓸려온 소나무 한 그루가
본래의 모습 다 버리고 말간 뼈로 남아 있다

사철 푸르기만 할 것 같던 그가
어금니에 물린 혀처럼 폭풍우 치던 그 밤 머리채를 잡혔다

변명할 시간도 없었고 변호할 기회도 없었다
다만 몰아치는 바람의 손가락이 그를 겨누었다는 사실뿐이다

냇물 속에 곤두박질쳐진 그가 견뎌낸 시간은
살던 곳을 잊고 색깔을 벗고 살을 버리고 마음을 버리는 것이
었다

더 이상 버릴 것이 없어 고요만 남은 그의 곁에서
살을 도려내던 물발도
구르며 할퀴던 자갈돌도 손톱 거둔 이웃이 되었다

헌혈 그리고 혈당의 등식

백여덟 번 피를 나누어주고도
더 주고 싶어 눈물이 난다던 그 사람
유난스럽게 가리는 것도 없고
사람 사귀기를 모난 데 없어
오지랖이 백만 평인 사람
의욕 넘쳐 주위 사람 난감하게 만들 때도 있지만
열정이 청년 같은 사람 그래서 칠십 중반에
그의 혈관 나이는 사십 대라던 그 사람

육십 중반에 혈관 나이가 칠십 대 후반인 나는
헌혈이란 건 열 손가락 안이고
몸에 좋지 않다는 건 안 했고 안 먹었고
매사를 허심탄회하게 웃어넘기지 못했고
인색하여 오지랖이 열 평도 안 되는 사람
열정이란 건 속속 다 뒤져도 없는 사람
돌이킬 수 없을 만큼 내 피가 탁해진 후에야
모난 곳으로 부등호가 입 벌리고 있었다는 걸 알았네

변명

노후 준비가 시원찮은 우리에게
희망은 그저
아프지 않으면 돼 라고
썩은 동아줄 같은 바람을 잡고
위태롭게 흔들리며 살지
심심하면 터지는 전문가란 입들의
수다스런 노후 예보에
장대비 속에 맨몸으로 던져지기도 하고
소소리바람에도 꺾일 듯 흔들리는
이미 다 펼쳐버린 낙장불입의 생
지금이라도 기회만 오면 당겨보리라
잡고 있는 늙은 패
친구야 너는 괜찮니
숙제하듯 시간 맞춰 약을 먹으면서
아직 몸이라는 잔고가 남아 있다는
이 무슨 왕청 같은 소리인가

제 **3** 부

삼각관계

눈이 국화꽃을 봤다
입이 장미꽃이라고 말한다

한 치 어긋남 없는
동행이었는데

세월 꾐에 넘어간
머리의 이간질 때문이다

신발

눈만 맞으면 되는 줄 알았는데
삶은 발맞추기란 걸
뒤꿈치 벗겨지고 피가 흐른 후에야 알았네

덧나고 아물기 반복 학습으로
예순 고개 턱 밑에 닿으니
어느 것이고 신이고 발인지 경계조차 없네

이제는 하나로 굳어진 신과 발
닳고 헐어 한없이 편안해진 사이
험한 길 위에서
맨발이 될까 두려워지는 때가 되었네

말이 가는 길

머리에서 입까지는 몇천 리
젊었을 때는 축지법이라도 쓴 건가
한 치의 오차도 없이 번개같이 당도하였건만
숫자 육십을 넘으니 멀어서 가물가물
길 잃고 헤매는 낱말들 수두룩하네
한때의 빛나던 뿔도 꺾이고 자랑도 시들었으니
먼 길에 갈팡질팡하다
출발한 것과 당도한 것이 달라질 때도 있다네
오해 말고 받아주시게
묻은 먼지 털어내고 잘 못 입은 옷 고쳐 입혀서
출발한 본래의 모습으로 받아주시길

죽녹원에서 문득

군자라 하여 만나기를 고대하였더니
마디마디 질끈 눈 감은 흔적
흐린 물도 마다 않고 받아들였구나

속을 비웠다 하여 우러렀더니
사방팔방 뻗쳐놓은 발은
잡초들에게는 한 치의 양보도 없는 땅 투기
속 비고 곧다는 말 겉치레인가 하네

그녀에게 말 걸기

지난밤 비바람에
떨어진 매화꽃 봉오리
꼭 다문 꽃잎 안에
할 말이 가득 차서
터질 듯 부풀었네

세상은 공평하지 않단다
내 너의 억울한 말 들어주마
그렁그렁한 봉오리 주워
맑은 물 위에 띄웠더니
그제야 참았던 숨 쉬듯
바람의 편애를 배시시 일러바치네

흐르는 봄날

한눈팔 겨를 없이 달려온 직선
문득 헐거운 틈을 만나
구불구불 달리는 버스의 맨 뒷자석에
말 타듯 들썩거리며 앉아서 공으로
한눈 실컷 팔아본다

길목마다 색색의 꽃들이 흐르고
아늑한 시골 마을이 따라 흐르고
관광 차에서 내린 먼 동네 사람들 무심히 흐르고
어느 순간에는
모텔, 카페 이런 이국의 이름이 흐르더니
미처 차림 다 읽지 못한
모퉁이 물회 국숫집도
동그랗게 흘러갔다

팽팽한 삶의 구석 허물어서 얻은
한바탕 흐뭇한 곡선

돌아갈 곳이 예정되어 있는

작은 틈으로 봄

평범한 것들의 곡조에 발장단 맞추며 흐른다

단오의 시작 국사성황제

사월 보름 대관령 기슭
신령한 골짜기 하나가 열렸다
제 이름으로 물이 오른 나무들
이파리조차 형형한 빛깔로
인간을 압도하는 신의 영역
열린 문으로 제각각의 기복을 품고 온 사람들
칠월칠석의 까치 떼처럼 비장하다
늙은 제사장의 머리 위로 불벼락 치듯 쏟아지던
땡볕의 자리에서
무녀의 부정물림 사설에 속절없이 끌려 들어가
나는 맑은가 부정한가를 더듬거리며 돌아본다
한 해 동안 잠에 든 국사성황을 깨우는 일은
정성 가득한 끈기와 신성한 야단법석이다
북소리 장구 소리 무녀의 비나리 소리
깨자마자 맨발로 달아난 신을 찾아
대관령 한 자락이 들썩이더니
유독 몸을 떨고 있는

푸른 단풍나무를 맞아 접신을 한다
신을 세우고 여성황사로 향하는 신목의 꼭대기에서
흘끔흘끔 보다가 숨다가 끄덕이는 오색 천
거기 내가 적어 넣은 기원이
대관령을 박차고 일어서 푸른 하늘로 날아오른다

상봉역에서 띄우는 편지

숲도 별로 없는 상봉역에서
매미가 운다
아기엄마가 된 너의 눈물을 보고 떠나는
늙은 어미 걸음이
자국마다 눈물인 것을
저 매미 시원스레 대신 울어준다
딸아, 처음은 다 두려운 거란다
여자에서 엄마라는 수식어가 하나 더 보태지면
생략하고 접어야 할 것도 많고
참고 견디어야 할 것도 많아진단다
어렵고 고단한 하루하루가 쌓여
아이의 나이가 되고 너는
그 아이에게 무엇이든 해줄 수 있는
신神 같은 엄마가 되는 거란다

강릉행 기차를 기다리며
별내로 가는 경춘선 열차 꼬리에

당부와 미련을 실어 보내지만
이별하며 울던 너의 눈물은
끊임없이 오는 기차처럼 내 가슴에 당도하여
아픈 손님을 내려놓는다
분신술이라도 써서
어미 손이 필요한 너에게 하나
아내 손이 필요한 남편에게 하나
나누어 살 수 있다면
하는 생각에 절절하게 스미다
짧은 궁리의 도끼질로는 도저히 둘로 쪼개지지 않아
온전히 따라오지 못하는 마음 상봉역에 세워두고
보채는 기차에 천근만근인 걸음을 실었다

이야기 한 자락

가을 들길에 저물어 가는 한 사람
구불구불 지나온 길 돌아보며 이야기를 쓰네
빤히 보이는 그 길 돌아보면 지척인데
다시 돌아갈 수도 돌아가고 싶지도 않은 길이 되었네

대한민국 절반이 굶기를 밥 먹듯 하던 시절
별만큼 수많은 날 중에 배곯은 날만 있었으리
쌀 한 됫박 없는 집에 시집와서
손발의 지문 다 긁어주고 산
논 서 마지기가 세상 부러운 것 없던 때도 있었으니

자식들 이밥 먹이는 것이 절박한 과제인 때도 지나
살 오르고 반질해진 자식들은 각자 살기 바쁘고
힘써 일하지 않아도 배부르고 등 따신 계절을 만나고 보니
늘 지기만 하는 외롭고 긴 질병과의 싸움만 남았네

밥 먹을 입 형편없이 줄어든 때를 맞아

논 서 마지기에도 빌라가 우뚝 서고
그 피 같은 돈을 자식들은 물 같이 써버리고
배고픈 것보다 사람 고픈 것이 더 힘들다며
2020년 대한민국의 가을을 쓰고 있네

길 위의 덫

굽고 경사진 도로에서
피할 수 없이 마주친 짐승의 사체
숙달되지 않은 사냥꾼은
표적을 맞추기보다 피하는 것이 더 어려운 때도 있어
야심 찬 핸들 조작은 미수에 그치고
차갑고 딱딱한 완충장치를 지나
복잡하고 섬세한 머리까지 고속으로 전달된 완강한 거부

부관참시하듯 사체를 헤치고
흉기를 천천히 거두어들여 어둠 속에 묻었다
덫에 걸린 짐승의 필사적인 몸부림같이
불쑥불쑥 머리를 쳐드는 속도
블랙홀로 빠져드는 것 같은 깜깜한 길 위에서
반사경에 꽂히듯 급하게 쫓아오는 불빛
내가 남기고 온 바퀴 자국을 흔들며
사체가 벌떡 일어나 두 눈에 불을 켜고 달려오고 있는 것 같다

살의로 들끓던 눈금을 형편없이 낮추어
슬금슬금 비키는 나를
그가 빠른 속도로 지나쳤다
어둠으로도 가려지지 않은 뒤꽁무니가
나와 닮은 것으로 보아
저 불빛도 사체를 밟고 와서
그 흔적을 지우느라 정신없이 달리고 있었구나
모의도 없었던 죄를 나누어지고
깊어가는 밤길을 한통속으로 따라간다

길 위에서

장애물 경기 연습을 하는 우리에게
선생님은 말씀하셨지
규칙을 어긴 사람은 실격이라고

하지만 실전에 들어서면
누누이 이르던 엄한 규칙은 어디 가고
약고 눈치 빠른 아이들만 등수에 들었지

선생님 말씀을 굳게 믿은 사람은
꼴찌뿐만 아니라 덤으로
어리석다고 놀림거리가 되었지

우리는 그렇게 어른이 되고
꼴찌가 되지 않으려고 어디서든 무엇을 하든
성실을 눈치로 바꾸어 밥을 먹지

달리지 마라, 속도를 어기면 실격이다

선생님의 훈계가 구간단속 카메라로 달린 공중
우리는 여전히 장애물경주 중이지

약고 눈치 빠른 것들은 다 튀어가고
어리석고 겁 많은 것들만 남아
어둡고 긴 밤을 조금씩 지우고 있지

강문 바다

강문에서 문어를 잡는 친구
가방끈 짧은 게 한이 되어 글월을 안다는 문어를 잡았다
보통의 강릉 사람들이
강릉바다는 나루가 아니고 해변이라 우기며
노는 바다를 말하지만
강문에서 나고 자란 그는
남들이 노는 바다에서 끝까지 어부였다
영어간판들 사이에 쪼그리고 앉은 그의 집에
비린내가 사라진다는 것은
아무리 튼튼한 옹벽을 쳐도
그의 나루가 점점 해변에 밀리고 있다는 것
살림살이가 구석으로 몰리는 때를 맞추어
시내 아파트로 바꾸어 편히 살라는 입질은
강문바다를 떠나 살 수 없는 그를
술병 속으로 끌고 들어갔다
바다에서 나와 술병 속을 헤엄치던 그가
태어나서 처음으로 큰 욕심을 부렸다

버리고 싶지 않은 바다 빼앗기고 싶지 않은 바다
그 바다에 어부를 던져 넣고 삶을 던져 넣더니
기어이 강문바다를 다 가져버렸다

믿음

등교와 출근이 한창인
아침 전쟁터
밀려오고 밀려가는 자동차의 물결을
아슬아슬하게 피하며
중학생 오빠와 초등학생 동생이 탄 자전거가
일엽편주처럼 떠가고 있다
삐뚤빼뚤 흔들리는 핸들을 잡고
오빠는 전사처럼 용감하게 발을 젓고
그 작은 등을 방패 삼은 동생은
두 다리 갈래머리처럼 내리고 앉아
세상 두려운 것도 한 점 의심도 없이
휴대폰 액정에 코를 박고 있다
태초에 믿음이란 저런 것이리라
저 순수한 믿음을 깬 것은
두려움이 아니라
나이를 먹으면서 늘어가는 욕심 때문이지
남매야 어린 남매야

나이 먹지 말아라

월요일

비워두고 가야할 자리는
어둠 속에 갇혀 눈을 뜨지 않았는데
일주일 치의 아내와 일주일 치의 아이들과
어머니를 챙겨서 나서는 아침
함께 달려갈 애마에 시동을 걸고도
잊은 것이 있는 듯
문득 다시 내려서
애꿎은 담배에 불을 붙인다
수백 번의 되풀이에도
군살 박히지 않는 이별
냉정하게 달려가려던 걸음이
이슬 젖은 마당을
슬리퍼 엄지로 문지르고 있는 아내와
오층 베란다에 서서 내려다보고 있는 노모를
온몸으로 받아 안으면서
모른 척 담배길이 만큼 지체해 보는 것이다

숨길

휘어진 코뼈 깎느라
이틀 밤 숨길을 막고 잤다

숨길이 막힌 밤의 사막에서
혀는 말랑한 물고기
막힌 숨길로 인한 우회로를
밥길로 내는 것은
맛을 운영하며 살던 집에는 날벼락

밤낮으로 팍팍한 숨이 새로 난 길을 따라
겨우 드나드는 삶의 극지에서
맛을 잃고 말을 잃고 경영하는
숨길의 장래는 시원하게 통하는 일

숨 한 번에 밥 한 숟가락
모래바닥에서 퍼덕이던 물고기의
비늘이 벗겨지고 몸통이 굳어가는 시간
소통이란 벽을 허무는 일 아프게 허무는 일이다

저녁에

바람의 언덕에서 바라본 항구는
노인처럼 늙었다
먼 바다로 나갔던 고기잡이배가
주름진 항구로 돌아오는 시간
미리 와 있던 배들이 일제히 깃발을 흔들어
무사 귀환을 환영한다
배는 멀리서부터 끌고 온
별 무늬 점점이 박힌 길을 천천히 접으며
길었던 하루를 항구에 갈무리한다
함께 따라온 파도가 길을 잃고
도움닫기로 월담 하려다 내쳐지는 모습에
초승달이 허리를 꺾는 밤
그 안은 배의 집이란다, 파도야
늙은 항구의 저녁을 단단히 지키고 있는
방파제가 어둠 속에서 우뚝한 묵호항

국민비서

육십 평생을 살면서
나에게도 비서가 생겼다
이 무슨 횡재인가
어지러운 세상
마음 끓이며 산다고
나라가 보내준 비서
2021년 12월 22일 11시 강릉의료원
백신 : 모더나 백신
접종 후 3시간 안정을 취하시고
계속 마스크 착용해 주시기 바랍니다

정상頂上

정상이란 높고 빛나는 곳인가
뒷동산이 마땅한 체력으로
대청봉을 욕심내고 있으니

이미 해는 지고 하산할 때
아직 정상을 바라보고 있으면
집에는 언제 갈꼬

제 4 부

고라니

숲이 된 갈대밭을
말끔하게 갈아엎어 놓은 주수천
새끼 고라니 한 마리
바뀐 풍경에 겁먹고 우는 소리
대낮이 바라보고 있네
하지夏至 볕에 구워진 돌밭
숨을 곳 없는 벌거숭이 냇바닥을
맨발로 허둥지둥 달려가며 울더니
용케도 하구河口 숲에 들어 울음을 그쳤네
갈대숲에 받은 숨을 부려놓고
물집 잡힌 발바닥을 쓸고 있겠지
고구마 순 잘라먹고
작두콩 모가지 자른 입인 줄 알지만
울음소리는 죄 없이 슬펐네

어느 날부터

5억 년 전 지느러미였던
그녀의 팔은
기억을 잃지 않았다
발보다 몸이 먼저 나가는 때를 맞아
세차게 물살을 가르던
추진체가 작동한다
팔을 휘저어 바람을 가르는 그녀는
바닷속을 헤엄치는 한 마리 어류
어느 날부터
허파 호흡이 어려워진 그녀는
호흡기내과에서
뭍으로 올라오던 첫발자국 같은 약을 받아들고
만신창이로 오염된 육지에서
숨 쉬는 연습을 한다
숨은 코로 쉬는 거라고
단호한 지시에도 그녀는 다시 어류가 되어
퇴화된 아가미의 버릇처럼

뻐끔뻐끔 입을 벌리고 숨을 쉰다
여자의 병은 전생이 그리운 몽유병이다

시월과의 아픈 이별

음치 판정을 받은 나는 포기할 수 없는
시월의 어느 멋진 날을 부르기 위해
삼복더위를 헬스장에서 놀았고
간절기를 줌바댄스로 보냈다

호산구성폐렴 그 낯선 이름만으로도 나는 이미 숨이 찬데
내 피에서 알레르기천식 반응을 읽고 그녀가 낮게
중얼거린다, 가지가지 합니다
그래요, 나는 빨강도 하고 노랑도 하고 뜬금없는 파랑도 한
답니다 뿐인가요
물일도 하고 불일도 하는 걸요 주말 주중 구분 없이 밤낮 가
리지 않고

몸을 세우고 있던 기쁨의 인자들이 허물어지며 생겨난 허공
숨이 차고 말문이 막힌다
수년 전 월정사 템플스테이에서
벽 가운데 눈 부릅뜨고 있던 묵언, 소등 이런 소소한 계율을

잘라먹은 죄가
　몸속을 헤매다 명치에 딱 걸렸나보다

　그녀가 앞가슴에서 빨간펜을 들어 단호하게 선을 긋는다
　이렇게 복잡한 구조는 누구도 풀기 어려울 겁니다 입원하
세요
　버거운 세상과 잠시 이별하는 것도 치료입니다
　불편한 정보와 얽히고설킨 인정의 사슬
　거기에 뒹굴던 당신의 가여운 몸을 건져주세요

　나를 가두는 최선을 향해
　시월의 어느 멋진 날은 가쁜 호흡 들키지 않게 손 흔들어 이
별했다

옥계의 봄

찬바람이 살을 에는 비수로 덤빌 때
생살 떼어주듯
잎잎 던져주고 누런 뼈로 서 있는 갈대가
손차양으로 내다보는 길을 따라
바람 부는 사월이 또 온다
밥 먹듯 꼭꼭 씹어 삼킨 울음
경칩에 개구리 입 풀리듯
타래로 몸을 적시며 체온이 두꺼워지는 때
속옷 차림의 산속에서 산비둘기는
청상의 곡소리로 애간장을 끊어놓는다
슬픔에게서 벗어나는 일은
더 슬프게 우는 비둘기 울음에
남은 몸통마저 주어버리는 것이라고
그렇지 않고서야 환상통을 앓고 있는 빈산이
비명 한 번 지르지 않고 버틸 수 있었겠는가
산으로 둥글게 싸안고 있는 마을이
바다로 숨통을 내고 산불의 기억을 흘려보내고 있는

공기 좋고 물 맑아 지은 지명 옥계
해를 물리듯 저녁상을 물리고 나면
천지는 깜깜 나라
그 긴 밤을 새우며 누군가가 친
우란右蘭 한 잎이
새벽하늘에 희망가처럼 떠가고 있다

천지여관

함께 살던 계절이 떠나려고 짐을 꾸린다
나는 이 여관에 60여 년 몸 부리고 살면서
계절이 가고 오는 것쯤은
옷을 벗고 입는 것처럼 소소한 일상이라고
배웅하고 안부 묻는 일에 소홀하였다
느닷없이 닥친 코로나-19는
누가 초대하였는지 위층 아래층 옆방 의심의 눈초리가
가시처럼 자라나 몸을 묶는 덤불이 되었는데
으름장의 높낮이를 달리하며
사람들을 다 포섭할 기세로 돌아다니고 있다
어쩌면 태풍이 데리고 갈 수도 있어
뜨거운 여름이 삶아서 숨을 죽여줄지도 몰라
무심하게 맞던 계절에 간절한 기도를 얹어 배웅하고 맞기를
몇 해
꽃은 피고 몇 번의 폭염도 다녀가고
낟알은 익고 그렇게
절절한 기도는 계절의 덤덤한 표정에 묻혀서 흘러갔다

이곳은 보일러가 고장 나고, 꽃을 볼 수 있는 눈이 없어지고
새끼를 만질 수 있는 손이 없어지고, 이웃으로 건너갈 다리가
고장났다
파르라니 날 선 하늘에 해가 뜨고
새들의 입이 얼지 않았다는 것에 깃발을 걸고
나는 두려운 펜을 들어 반성문을 쓴다
주인님
지금부터 덜 먹고 덜 입고 덜 버려
천지여관의 재정을 아낀다면
용서해 주실 건가요
오만이 불러들인 저 불청객을 쫓아내 주실 건가요
천지여관에 이제 막 보따리를 푸는 생명들을 위해
밀린 여관비를 불편으로 갚겠다는 늦은 약속을 합니다

친구 있습니다

길을 가다 만나서
안녕하시냐고 묻는 것은
친한 것하고는 다른 인사입니다
그 안에 무엇이 담겨 있겠습니까
어쩌다 마주치면
눈이 번쩍 뜨여서 야~ 하고 저절로
나오는 짧은 한마디
보고 싶은 거, 수다 고픈 거, 반가운 거
참 많은 것이 스며있는 함축이지요
동네 목욕탕에서 야~ 하고
등을 돌려대는 사람들이 부러운 때를 지나
이순을 넘고 보니 야~ 하고 부를 사람
손가락이 모자랄 지경입니다
그것은 세월로 치른 값 비싼 선물입니다
단말마 같은 호칭 안에서는
눈총 입총 맞을까 덕지덕지 분장하고 갑옷 챙겨 입지 않아도
됩니다

마음이란 보이지 않는 곳에 있어서

어찌 다 헤아린다 하겠습니까

본인 잣대로 재단하여 짧다 길다 하는 사람들 속에서

자신의 자를 버리고 무조건인 친구 있습니다

그런 친구 앞에서는 응석처럼 더 허술해지고 싶습니다

마음의 솔기가 터져 피가 흐를 때

이순의 허리 돋보기로 꿰어 찬찬히 꿰매주는 친구 있습니다

순한 귀와 순한 입 흐려진 눈으로

더듬더듬 모자라게 사는

우리에게 이제 무엇이 남겠습니까

바로 당신입니다, 친구

바람으로부터

이것은 꿈이지
2019년 4월 4일
세상을 쓸어버릴 기세로 설쳐대는 바람에
초조하게 흔들리던 별, 나는 그 밤
살아서 지옥을 보았다

저승사자같이 깜깜한 밤의 속살로
용암이 흘러내리듯 달려오는 불꽃
폼페이 최후의 날이 오늘 여기에 일어나는가
대피하라는 방송과 사이렌 소리를 꿈결처럼 들으며
잘못했다고 용서해달라고
무슨 잘못인지 생각할 겨를도 없이 죄부터 빌었다
불행이란 그저 바람하듯 서서히 오는 것이 아닌 것을

쫓기듯 나온 가장들은
바닷가 백사장에 가족을 맡겨놓고
비장하게 불 속으로 돌아가 집을 지켰다

면 소재지 하나가 없어질 일촉즉발의 찰나
변덕쟁이 아이처럼 느닷없이 방향을 바꾼 바람
죽음 직전까지 아주 크게 혼줄을 내고
회초리를 거둔 큰 손
신은 있다
신은 없다고 믿었던 내 불손한 믿음을 깨끗이 정정한다

내일은 없을 것 같던 길고 긴 밤
매캐한 연기와 빛이 바랜 불길 속으로
힘 잃은 날이 밝았다
집을 버리고 피했던 사람들이 체념으로 돌아온 곳에
아침과 밤의 차이만큼이나 달라진 터전이 기다리고 있었다
쉴 사이 없이 날아다니는 헬리콥터 소리
끝없이 늘어선 불자동차의 분주함
그 모든 것은 바람의 일이었다
바람과 함께 온 불은 바람이 자면서 끝이 났다

삼월

삼월이 배달되어 왔어요
따뜻한 겉봉만 보고
너무 서둘렀나 봐요
차가운 모서리에 가슴을 다쳤네요
사무치게 꽁꽁 앓았지만
구절구절 눈도 맞추지 못했는데
수선화도 보이고 튤립도 읽히네요
반 토막 난 삼월에게 답장을 보내요
작두콩 호박 감자 옥수수를 넣고
성질 급한 나를 좀 참아달라고
내년부터는 서둘지 않고 조심하겠다는 다짐도
추신으로 넣었어요

산불 그 후

불길이 지나간 자리
사람들은 참 빨리 잊기도 하지
잠자던 혼을 수습해 서둘러 탈출한 그곳에서
골짜기마다 자고 나면 터져 나오던 뉴스
자신의 집을 지킨 사람들의 무용담이거나
집을 잃은 사람들의 하소연이거나
가슴 조이며 강 건너 불구경한 사람
한 달 지나고 두 달
타버린 재가 가라앉듯 잠잠하다

큰 상처를 입으면 죽거나 살거나이듯
훤칠한 키와 푸른 외모의 소나무에게만 주목했던
비린 잣대로 측량해 놓은 염려
맨살로 폭우 속을 뛰어다닐 것 같았던 산에
오는 듯 마는 듯 소리 없이
연두빛 어린잎들이 빼곡하게 모서리를 맞추어
상처를 꼭꼭 싸매고 폭우를 건너갔다

저버린 연꽃 속에 남은 씨방처럼
둥글게 모여선 검은 산속에 홀로 온전한 옥천사 대웅전
주지승도 떠났는데
그 불길 속에 부처님은 남아계실까
부처마저 놀라 화장세계 먼 곳으로 가버렸을까
통증처럼 찾아오는 물음에
은둔의 가사를 벗은 대웅전이 뒤꿈치 들고
사바세계로 돋을새김 하는 옥계

남의 둥지에 알을 낳아놓고
아가야 너는 뻐꾸기다 뻐꾸기다
목이 쉬도록 악 치던 소리 사라지고
청승맞은 장단으로
울어대던 산비둘기 소리도 사라진
지상의 아궁이가 되어 버린 산에서
제 몸이 관이고 무덤이고 울음인
나무들의 장례가 한창이다

여기저기 톱날에 쓰러지는 수십 년 수백 년
그들의 오래된 가계가 마지막 향기를 던지며 묻는 말
이 생애 우리는 다시 숲이 되어 만날 수 있을까.

이순에 들어

중심을 가르는 뼈 한 조각 없는 물도
돌계단을 내려설 때면
아파서 비명을 지른다
오십에서 육십으로 내려가는 길은
돌계단도 아니고 절벽이다
가파르게 뛰어내리다 다친 다리로
절뚝거리며 가다 보면 알게 된다
걸려 넘어진 돌부리
그 미워하는 마음도
얼마 못 가서 이별이라는 걸

곱다고 품에 안고 달려온 꽃잎도
어느 굽이길에 다다르면
움켜쥘 사이 없이 안녕이다
무엇이 남으랴
미워하는 마음도 좋아하는 마음도
갈무리할 곳이 없는데

어디다 남기랴
오는 줄도 모르고 왔다가
가는 줄도 모르고 가는 것을
너도 그렇고
나도 그렇다

코로나19

어느 날 갑자기
평화로운 지상에
지도에도 없는 강 하나가 생겼다
길이도 모르고 깊이도 모르는

그것은 동맥경화에 걸린 지구의 비명
곪아 터진 지상의 상처
그럼에도 우리는 저 강에 돌만 던지고
강은 돌의 부피만큼 세력을 넓혀 가고 있다

평화란 그저 공기처럼 곁에 있는 것이 아니었다
공들여 지켜야 했고 노력하여 얻어야 했다
식구 수대로 한 그릇에 수저를 담그던 풍경은 안녕
시간을 쪼개던 아침의 분장도 안녕
사랑은 잠시 주머니 속에 넣어둬야 하지

팽창하던 노인정이 쪼그라드는 때를 맞아

저 강을 여기에 풀어놓은 섭리를 궁리하며
강의 안전지대는 어디쯤인지
양팔을 벌려 닿지 않는 거리를 확보하고
숨차게 하루하루를 거슬러 오른다

궁금한 이사

밤을 도와 가는 모양이
분명 옳지 않은 길이다
끄덕끄덕 풀죽은 어깨가 들썩이는 것은
그가 속으로 울고 있는 것일 게다
어디 가서 든 정붙이고 살면 못 살 리 없으련만
뿌리를 옮겨 앉는다는 건
살아갈 일이 불투명한 큰 몸살이기에
그의 두려움이,
낯선 의사의 손에 목숨을 통째 맡기고
처분만 바라던 나의 어느 날을 허물고 들어온다
두려움을 이기기 위해 놓아버렸던 길처럼
보였다 숨었다를 거듭 화비령에 흔들리는 뒷모습
삶의 경로가 막막한 그의 세간을 싣고
눈알 번득이며 길을 휘저으며
11톤 거대한 트럭이 씩씩거리며 간다
검은 냄새 가득한 밤의 이동
무서운 일제시대도 지나고

서슬 퍼렇던 유신시대도 지났는데
강릉의 잘난 소나무는
소리소문없이 어디로 끌려가는 걸까
울분도 부끄러운 밤이다

옥계는 시멘트 공장이 있다

발 한 개 발 두 개
검은 고무 신발이 열 개
저것은 독을 품은 지네
뱃속 가득 형형색색 쓰레기를 감추고
전국에서 모여든다

떠드는 입과 눈을 피해
어둠에 몸을 감추고 오더니
맑은 물이 흐르는 주수천 다리를 건너
버젓이 대낮에도 오는 동안
사람들은 중독으로 눈이 멀었다

몸에 좋은 것 열을 먹는 동안
숨구멍 백이 병들어도
아무도 입을 열지 않는다
속도의 옷을 입고 온 지네가
뱃속의 독을 다 게워내는
거기는 옥계의 급소 옥계의 바닥

나이를 먹는다는 것은

사는 모양이 달라지는 것이다
먹고 살기 위해 정신없이 달리던 걸음이
조금 느슨해진 걸 몸이 용케도 알아버리는 것이다
당뇨 고혈압 고지혈 이런 단어를 촌수 외우듯
입에 붙이는 시기다
예고 없이 찾아오는 불편한 손님들을 달래려고
등에 붙은 바닥을 드러내고 의자에서 엉덩이를 치워야 한다
동살미 고갯마루에 일기 쓰듯 발자국을 새기고 온 날은
숙제한 것처럼 잠자리에 드는 마음이 편해지는 때이다
어린 것들의 발자국과
"○○은 바보"라고 나뭇가지로 쓴 글씨가
흙바닥에 앉아서 생글거리는 초등학교 운동장
삼 분짜리 둘레를 스무 바퀴 약 먹듯 돌아도
가는 곳마다 오는 곳마다
귀에 딱지가 앉도록 듣는 말

'운동하세요'

나포리다방

나포리 항구보다 더 아름다운 묵호 등대마을에는
논골담 이야기 속에서 나온
그림 같은 나포리다방이 있다
레지도 없이 시인인 마담이 혼자
추억을 팔고 있다
논골담 시가 걸린 문턱은 커피보다
나포리다방 풍경이 더 잘 팔려서
이득 없는 문전성시가
장삿속 없는 마담에게 딱이다
이곳 태생인 시인의 생생한 옛날 소환이
그 시절을 아는 사람이나 모르는 사람이나
논골담의 한 시절로 끌어들인다
가난도 오래 삭아지면 밥이 되는 걸까
힘겹게 짐 나르던 가파르고 좁은 길로
한 번은 입소문으로 한 번은 그리움으로
그렇게 꼬리가 길어지는 사람의 물결
그 물결 속에서 고전처럼 정을 팔고 있는

등대마을 외갓집 같은 나포리다방

대관령에 스미다

시월을 만난 대관령은
갈색 털 자욱한
한 마리 어진 짐승

번잡한 세상 소리
귀 닫아걸고
홀로 절정에 들었다

깊고 그윽한
그 품에 들면
힘겨운 세상사 다 내려놓아도
괜찮다 하고 받아줄 것 같아서

켜켜이 무거운 짐 하나
어미 품에 안기듯
그 절정 속으로 스민다

'그' 절정에 들다

― 김옥란 시집, 『마음의 골목』

전 기 철
(시인 · 문학평론가)

'그' 절정에 들다
― 김옥란 시집, 『마음의 골목』

전 기 철
(시인 · 문학평론가)

1

　시인은 들뢰즈의 말을 빌릴 것도 없이 탈주자다. 그는 자신의 생활공간이나 시간, 혹은 생각들에서 탈주하여 새로운 세계를 꿈꾼다. 탈주를 꿈꾸고 탈주하고 있다고 스스로를 위로한다. 그의 탈주는 순전히 자신의 영혼에 의지하는 데에서 이루어진다. 탈주의 과정 속에 있는 그는 혼자서 소리를 내보기도 하고 몸짓을 지어 보기도 하며 탈주자임을 확인하려고 한다.

하지만 돌아보면 그의 주변에는 아무도 없다.

거미줄에 걸린 물잠자리의 영혼이야
우리를 탈출하여 후미진 골목에 숨어있던
어린 염소의 슬픈 울음이야
휘두르지 못한 솜방망이야
쑥스러워 입 밖에 내지 못한 혼잣말이야

— 「내 詩는」 전문

  자신의 현실에서 벗어나 주변을 돌아보니 '후미진 골목'이며
'외딴 집'(「봄」)이다. 그의 영혼은 홀로 저만치 '거미줄에 걸'
려 있다. 그래서 시인은 혼잣말을 하고 '슬픈 울음'을 운다. 그
혼잣말, 혹은 울음이 곧 그에게는 탈주자로서의 존재 표현이
다. 이렇게 자신의 현실에서 탈주하여 후미진 골목에서 혼자 우
는 시인은 탈주자로서의 자의식을 갖기 위해 감각을 최대한 열
어놓는다. 혼잣말이나 울음이 자신의 귀에 들리자 그는 감각
을 연다. 그리고 열어놓은 감각을 통해 주변의 시공간이 함께
그 감각 속으로 스며든다. 시인은 감각을 더 예리하게 하여 자

연 에 귀 기울이고 눈에 담고 촉감하고 머릿속에 담는다. 그것은 어쩌면 자연 속에서 자신의 혼을 찾기 위해서, 혹은 시험하기 위해서인지도 모른다. 소월이 자신의 시혼(詩魂)을 순수 자연에서 찾으려고 한 것처럼 시인은 자신의 혼을 순수 자연에서 발견하려고 한다. 이러한 시인은 외로움을 천직으로 삼고, 순수한 혼을 찾기 위해 자연에 귀 기울이고 예리하게 눈을 벼린다. 그는 현실 너머에 순수한 혼이 있음을 믿으며 그 순수한 혼을 찾기 위해 감각을 순수하게 벼린다. 김옥란 시인은 무엇보다도 순수 감각 속에서 자신의 시혼을 시험하고 싶어 한다. 그래서 새소리를 가슴에 담고 영혼의 울음을 적는다. 그는 그 감각의 제국 속 주민이고 싶어한다.

나무를 타고 쏟아지는
참새들의 지저귐
그 폭포 아래 서서
귓구멍이 메이도록
소리를 담는다

— 「소리」 부분

김옥란 시인은 귀를 열고 눈을 열어 순수한 세계, 곧 소리나 모양, 촉감 등을 가슴에 담는다. 위 시 「소리」에서 시적 주체는 참새의 지저귐을 폭포 소리로 듣고 귀에 가득 담는다. 그리고 "적막강산"인 자신의 거처에 와서 그 감각의 양식을 쏟아놓는다. 그것은 "헛헛한 고요"(「소리」)이다. 여기에서 소리는 곧 순수의 혼이며, 서정적 감각으로 얻어진 탈주자의 양식이다.

김옥란 시인은 순수한 혼을 찾기 위해 서정적 감각을 벼리는데 무엇보다도 새, 바람, 꽃 등 자연 속에서 감각을 열어 그것들을 얻는다. 그것은 지저귀는 새의 부리를 갈무리하는 일이며 꽃이 피는 순간을 내면의 스냅사진으로 담는 일이다. 그리고 그 속에서 자신의 영혼을 발견한다. 그에게 자연은 감각의 제국이며, 그 감각의 제국 속에서 자신은 한 주민임을 느낀다. 그리고 시인은 자연인으로서 자신의 혼을 시험한다.

저문 강둑에 나를 앉혀두고
텀벙텀벙 물소리를 지고
누군가 떠나네

한바탕 이별 굿판 화려했던
만추의 늦은 골목으로

나도 같이 저물고 있네

—「매듭달」 2, 4연

　현실 너머 또 다른 세계를 찾아 떠난 시인은 자연에 귀 기울이고 눈여겨봄으로써 새로운 세계에서 자신이 영혼을 발견하게 된다. 강둑에 자신을 앉혀두고 "물소리를 지고" 가는 이는 순수한 존재로서의 시인이다. 자연의 순수를 감각적으로 수용하는 시인은 순수를 수확하여 집으로 돌아온다. 따라서 시인이 영혼 속으로 들어온, 혹은 자연 속으로 들어간 시인의 혼이 서로 뒤섞여 있음을, 서로 들고남을 확인한다.

저 비는 어느 골목을 지키고 섰다가
가을을 데리고 왔을까

강 건너 마을, 발정 난 수사슴의
울음소리 길게 젖는 밤

빗소리가 분주하고 들뜬 여름을

쓰다듬어 재우네

— 「가을비」 3, 4, 5연

비는 구름의 비늘이다
몸 한번 뒤척일 때마다
후루루 쏟아지는 묵은 때다
비는 땅의 자궁 속으로
흐르는 정충이다

— 「비에 대한」 3, 4, 5연

노란 사발이 오토바이에 빨간 헬멧
인적 드문 외딴집
손님이 왔네
활짝 열린 문 안으로 개복숭아 분홍빛이 줄지어 들어가고
떼로 깨어난 개구리 소리도 왁자하게 따라 드네

— 「봄」 1연

위의 시들 외에도 감각을 열어 얻는 순수한 세계는 시집 속 곳곳에서 보인다. 주로 시각과 청각 중심으로 나타나는 감각적 세계는 시인이 가꾸는 서정의 기틀이 된다. 물소리 바람 소리, 하늘, 꽃, 그리고 봄이나 가을과 같은 감각적 세계는 시인이 가꾸는 서정적 순수이다. 현실에서 탈주한 시인이 자연 속에서 순수한 혼을 가지게 되는데. 그곳에서 그는 감각을 한껏 열어 자신의 순수한 영혼을 시험한다. '자박자박' '쪼르르 아장아장' '후루루' "불쑥불쑥' '슬금슬금'과 같은 의성(태)어를 많이 쓰는 것도 시인의 감각적 태도와 무관하지 않다. 이들 의성(태)어들은 그가 스스로 순수의 세계 속에서 걷고 소리 내고 감촉하는 모양이다. 그는 한 마리 짐승('짐승'이라는 단어는 시집 속에서 세 번 나온다.)이 되어 자연 속을 걷는다.

시인은 인간 세상이 아닌 자연 속의 주민이며, 그 속에서 헛헛하게 살아가는 걸 낙으로 삼는다. 새들이 낮 동안 하늘을 날며 바람을 느끼다가 어둠과 함께 둥지로 돌아오듯이 그는 감각의 세계를 맘껏 노닐다가 자신의 거처, 곧 고요 속으로 든다. 그는 그 고요와 적막 속에서 텅 빈 세계를 꿈꾼다. 감각의 원초적인 길은 텅 빔, "적막강산"(「소리」)으로 향해 있기 때문이다. 그는 그 적막강산에서 홀로 '화장세계'(「산물 그 후」)에 들고 싶어 한다. 그리고 거기에서 절창 「대관령에 스미다」를 얻는다. 감각 너머 적막강산이나 고요는 그 자체로 하나의 푯대로 높이

쏘아진다. 이는 시 정신이다. 시혼을 얻으려 간 시인은 결국 시 정신을 얻게 된다.

시월을 만난 대관령은
갈색 털 자욱한
한 마리 어진 짐승

번잡한 세상 소리
귀 닫아걸고
홀로 절정에 들었다

깊고 그윽한
그 품에 들면
힘겨운 세상사 다 내려놓아도
괜찮다 하고 받아줄 것 같아서

켜켜이 무거운 짐 하나
어미 품에 안기듯
그 절정 속으로 스민다

— 「대관령에 스미다」 전문

위 시는 시집 속 시정신이 깃든 절정의 작품이다. 따라서 이 시는 시인의 시정신이 올곧게 위로 솟구치는 듯 절정이 그대로 드러나 있다. 이런 시를 쓰려고 시인은 감각을 열고 적막의 집에서 고요에 들었던 것이다. 시인은 '어진 짐승'이 되어 대관령 정상에 올라 절정으로 서 있고 싶어 한다. 이는 순수 감각의 세계를 꿈꾸는 시인으로서 최고의 경지이기도 하다. 이 시를 마지막에 배치한 이유도 여기에 있지 않나 싶다. 자신의 시, 혹은 시정신을 순수의 절정 그 위에 있게 하고 싶은 것이다. 시인이 선적(禪的) 세계에 가까이 가려 한 것도 이와 무관하지 않다. 절정의 시정신은 선(禪)과 밀접한 관련이 있기 때문이다.

2

뒤돌아보는 자는 반드시 대가를 치른다. 절대의 시 정신에 이르기 전 순수 자연의 세계에서 그는 뒤돌아본다. 멈칫, 현실 쪽으로 뒤돌아보는 순간 시인은 감정이 따라온다. 현실 쪽으로 눈을 주고 귀를 기울이고 손을 뻗는 순간 감정이 쏟아지고 만다. 언뜻언뜻 창밖으로 그림자들이 어른거리는 걸 보면서 자신도 모르게 눈물이 나고 울음이 쏟아진다. 이는 아마도 울음의 전이(轉移) 때문이 아닌가 싶다. 다음 두 시에서 뻐꾸기의 울음

은 감각에 가까운데, 엄마를 그리워하며 우는 나의 울음은 감
정이 됐다. 이는 울음의 전이이다.

이산 저산 뻐꾸기가 운다
새끼는 어미가 낯설어 울고
어미는 이별이 야속해 운다

— 「뻐꾸기」 부분

울다가 지쳐 한잠 자고 나면
장 보러 갔다 온 것처럼
엄마가 내 머리맡에 돌아와 계신다면
얼마나 좋을까요

— 「엄마」 부분

이와 같은 전이로 인해 시인은 부득이하게 현실로 넘어온다.
감각이 감정으로 바뀌어 순수함을 잃고 현실적 주체의 의식이
개입되어 버린다. 이에 현실이 시 속으로 끌어들여지며 감정이

북받치게 된다.

  결국 그는 떠난 현실에 발을 들여놓으면서 두리번두리번 인연을 찾는다. 떠났던 그때 그곳을 둘레둘레하며 감정을 내세운다. '어디' '어느' '누구' '무엇' 등의 단어들이 많이 나온 것도 이러한 연유 때문이다. 그가 떠나왔던 그때 그곳이 전혀 낯설지 않다. 그곳은 지금 여기이기도 하다. 그래서 그는 두리번거리며 감정의 끈을 찾는다. 그림자들이 어른거리고, 부르면 금세라도 눈앞에 나타날 것 같은 인연들에 그는 눈물을 흘리고 그때 그 곳에 몰두한다. 인연의 장소나 사물, 혹은 사람을 호명하기 위해 그는 '그' '이' '저' 등 지시. 혹은 인칭 대명사를 많이 쓴다. 이 지시, 혹은 인칭 대명사들은 꼭 집어서 '그래, 바로 그곳이야!' '맞아, 그 사람!' 하고 확인하는 말들이다.

산이 앉았다 간 나무 의자
그 딱딱한 질감조차 마냥 좋아서
겁 없이 몸 풀었던 시절이 있었습니다

— 「의자」 부분

수십 년 투석하면서 웃음을 잃지 않던
그녀가 갔다

— 「살았을 때 죽은 것 같이」 부분

뼈에 가죽만 남은 어머니
그런 어머니를 두고

— 「마음의 골목」 부분

　꼭 집어서 호명하는, 이들 지시, 혹은 인칭 대명사들은 주체
에게 감정을 격하게 만든다. 그러면서 그는 순수를 찾아 그렇
게 떠나고 싶어 했던 현실 속으로 깊이 발을 담근다. 발을 담그
고 나서는 감정이 쏟아진다.
　순수 서정 속에서 적막과 고요의 시혼을 닦고 있는데, 언뜻
언뜻 비치는 그림자들 때문에 현실을 돌아보지 않을 수 없었을
것이다. "눈부신 봄의 어금니가/추운 그림자를 잘라내"(「앵두
꽃」)고, 어머니는 그의 마음속에 "그림자처럼 고요"(「5월에 쓰
는 반성문」)하게 고인다. 어른거리는 그림자들이 시적 주체를

소환한 것이다.

그는 왜 현실을 떠나고 싶어 했을까? 그는 현실을 대단히 부정적으로 바라본다. 그에게 현실은 어수선하고 대항해야 할 대상이며 서슬 퍼렇고 번잡하며 버거운 대상이다. 따라서 그곳은 무서운 공간이며 시간이다. 그래서 건너가고 싶은, 다시는 되돌아가고 싶지 않은 세계이다.

밖은 어둡고 어수선한 계절
그 한 가운데를 경유하여
주말이면 어김없이 찾아오는 뻐꾸기 소리

— 「뻐꾸기」 부분

바라보는 방향이 같다는 것만으로도
세상에 대항해 우리는 한편이 되었습니다

— 「의자」 부분

어미의 지저귐을 노둣돌 삼아
서슬 푸른 세상의 강을 덤벙덤벙 건너가지

— 「어미」 부분

세상은 공평하지 않단다
내 너의 억울한 말 들어주마

— 「그녀에게 말 걸기」 부분

어지러운 세상
마음 끓이며 산다고

— 「국민비서」 부분

위 시 외에도 세상에 대한 부정적인 시각은 편재하다시피 한
다. 그것은 그가 떠나고 싶은, 순수한 혼을 지키기 힘든 세계임
을 나타내기 위함이다. 어둡고 어수선하며 억울한 일이 많고
마음 끓여야 하는 곳, 그곳이 세상이다. '밤' '어둠'이라는 이

미지가 많이 등장하는 것도 이와 무관하지 않다. 한번 현실의 인연에 발을 담그고 나니 그리움을 감당할 수가 없어, 시인은 그때 그 사람들, 그때 그곳을 하나하나 점호하며 그 곳에 푹 빠져 들어간다. 그리하여 시인은 아이들에 대한, 어머니·아버지, 그리고 친구들에 대한 기억을 하나하나 꺼내 회한을 드러내고 반성문을 쓴다.

수십 년 혼자 한 밥상의 외로움이
어머니의 입맛을 가져가고 몸을 병들게 했다
누구나 알면서 누구도 약이 되지 못하는 세상
어쩌다 내미는 처방조차도 손사래로 거부하시는
저 단단한 생의 교과서
몸을 받고 정신을 받고 살아가는 방법까지도 받았을
우리가 따라가는 어머니의 길
오월 사모정 가는 길은 바람도 반성문을 쓴다

─「5월 쓰는 반성문」 2연

파르라니 날 선 하늘에 해가 뜨고
새들의 입이 얼지 않았다는 것에 깃발을 걸고

나는 두려운 펜을 들어 반성문을 쓴다
주인님
지금부터 덜 먹고 덜 입고 덜 버려
천지여관의 재정을 아낀다면
용서해 주실 건가요

— 「천지여관」 부분

주체는 끊임없이 "잘못했다고 용서해달라고"(「바람으로부
터」) 갈구하며 시를 하나의 반성문이 되게 한다. 시인은 감정이
격해져서, 어머니의 외로움을 돌아보지 못한 일이나 산불이 나
서 산을 통째로 태워 버린 사건도 모두 자신의 무심함에서 비
롯한 것이라고 여긴다. 시적 주체가 현실을 무섭고 비정하며 어
수선하다고 여겨 자신의 시혼을 지키기 위해 그곳을 떠나왔지
만 뒤돌아보니 거기에는 인연의 끈이 단단히 엮여 있는 것들이
너무 많다. 그래서 시인은 인연으로 얽힌 사람들과 자신이 살
고 있는 고향의 산천을 하나하나 점호한다. 시집 간 딸이나 어
머니의 죽음, 그리고 고향 강릉의 산과 내, 그리고 바다, 거기에
사는 사람들은 그에게 죄를 빌게 하고 반성문을 쓰게 한다. 여
기에 이르러 시인은 이번 시집을 반성문으로 꾸미려고 한다. 이

에 순수서정의 길은 도피자의 모습이 되어 버렸다. 그래서 시집의 많은 부분을 기억하고 회상하며, 그들을 하나하나 점호하여 되새기는 데에 할애하고 있다. 어쩌면 현실 속 인물들이 그를 소환하고 있다고 해야 더 맞을지도 모른다.

강릉행 기차를 기다리며
별내로 가는 경춘선 열차 꼬리에
당부와 미련을 실어 보내지만
이별하며 울던 너의 눈물은
끊임없이 오는 기차처럼 내 가슴에 당도하여
아픈 손님을 내려놓는다
분신술이라도 써서
어미 손이 필요한 너에게 하나
아내 손이 필요한 남편에게 하나
나누어 살 수 있다면
하는 생각에 절절하게 스미다

—「상봉역에서 띄우는 편지」 부분

아침밥 푸던 엄마의 손에서 주걱이 부러졌다

전날 마신 술의 취기를 앞세우고
무거운 발걸음으로 아버지가 출근하던 날
오래지 않아 혼비백산 병원으로 달려간 엄마는 오지 않고
알 수 없는 불길함으로 숨소리조차 두렵던 밤
남겨진 어린 것들의 가빠진 날숨에
죽었다 살아났다 호롱불 그림자 바람벽을 날아다녔지
울음이 절벽으로 서 있는 눈
엄마 오시나 창호지 문틈으로 내다본 밖은
얼음처럼 차가운 달빛이 새파랗게 날을 세우고 있었고
가랑잎은 마른 손톱으로 빈 마당을 할퀴고 있었어

　　　　　　　　　　　　—「그해 겨울」 부분

이곳 태생인 시인의 생생한 옛날 소환이
그 시절을 아는 사람이나 모르는 사람이나
논골담의 한 시절로 끌어들인다
가난도 오래 삭아지면 밥이 되는 걸까
힘겹게 짐 나르던 가파르고 좁은 길로
한 번은 입소문으로 한 번은 그리움으로
그렇게 꼬리가 길어지는 사람의 물결
그 물결 속에서 고전처럼 정을 팔고 있는

등대마을 외갓집 같은 나포리다방

― 「나포리 다방」 부분

　딸이나 어머니, 그리고 친구에 대한 그리움으로 현실 속 인
연이 그를 소환한다. 그가 사람들을 그리워한다기보다 그리움
이 그를 소환한다고 해야 할 것이다. 결국 시인은 순수감각의
세계를 까맣게 잊어버리고 감정에 끌려다닌다. 그래서 그는 시
의 행간 곳곳에서 '그' '이' '저'와 같은 지시어를 많이 쓰고
있다. 이는 뒤돌아보고 기억하는 주체의 어법에서 비롯한다. 소
환되어 돌아보니 이 곳 저 곳. 곳곳이 인연의 사슬로 이어져 있
다. 현실 속 그의 눈과 귀가 닿은 곳마다 시적 정서가 맺혀 있
다. 이와 함께 "소소한"(「시월과의 아픈 이별」) 일상이 시의 행
간으로 끌려 나오고 고향 강릉이 눈을 뜨고 빤히 쳐다본다.

　　무서운 일제시대도 지나고
　　서슬 퍼렇던 유신시대도 지났는데
　　강릉의 잘난 소나무는
　　소리소문없이 어디로 끌려가는 걸까

울분도 부끄러운 밤이다

―「궁금한 이사」 부분

떠드는 입과 눈을 피해
어둠에 몸을 감추고 오더니
맑은 물이 흐르는 주수천 다리를 건너
버젓이 대낮에도 오는 동안
사람들은 중독으로 눈이 멀었다

―「옥계는 시멘트 공장이 있다」 부분

  강릉에서 살고 있으면서도 그리워하는 시인은 고향의 현실
을 낱낱이 드러내며 그 아름다움을 지키고 싶어 두 눈을 부릅
뜬다. 강릉의 곳곳을 점호하기 위함이지만, 본래는 강릉이 시
적 주체를 소환한 데서 비롯한다. 뒤돌아보니 강릉은 시멘트
공장이 들어서 있고, 거목들이 뽑혀 나가고 있다. 결국 순수한
혼만을 지키고 있으면 된다고 느낀 시인은 반성문을 쓰고 회초
리를 맞을 수밖에 없게 된다.

3

　현실 속으로 돌아오고 보니 무엇보다도 자신의 모습이 보인다. 소환된 사람들과 장소, 그리고 시간 속에서 주체는 그 자신일 수밖에 없기 때문이다. 그리고 마음보다 몸이 먼저 시적 주체에게 말을 건다. 그 몸은 이미 예순이 넘어 아프지 않은 곳이 없다.

　　사는 모양이 달라지는 것이다
　　먹고 살기 위해 정신없이 달리던 걸음이
　　조금 느슨해진 걸 몸이 용케도 알아버리는 것이다
　　당뇨 고혈압 고지혈 이런 단어를 촌수 외우듯
　　입에 붙이는 시기다
　　예고 없이 찾아오는 불편한 손님들을 달래려고
　　등에 붙은 바닥을 드러내고 의자에서 엉덩이를 치워야 한다

　　　　　　　　　　　　　― 「나이를 먹는다는 것은」 부분

　먹고 살기 위해 정신없이 달려왔는데 몸이 먼저 하소연하면

서 '네 나이가 몇인데 무슨 탈주야?' 하고 어깃장을 놓는다. 호흡기내과를 들락거리고 핏속에서 알레르기천식이 일어나는 걸 몸이 그에게 보여준다. '자, 봐! 현실을 직시하라고!' 라고 몸이 그에게 말을 붙이고 있다. 순수의 혼 이전에 삐걱거리며 몸이 먼저 시인에게 말을 걸고 있는 것이다.

허파 호흡이 어려워진 그녀는
호흡기내과에서
뭍으로 올라오던 첫발자국 같은 약을 받아들고
만신창이로 오염된 육지에서
숨 쉬는 연습을 한다

—「어느 날부터」 부분

호산구성폐렴 그 낯선 이름만으로도 나는 이미 숨이 찬데
내 피에서 알레르기천식 반응을 읽고 그녀가 낮게
중얼거린다, 가지가지 합니다

—「시월과의 아픈 이별」 부분

"육십 중반에 혈관 나이가 칠십대 후반인 나는"(「혈관 그리고 혈당의 등식」) 시도 때도 없이 병원을 들락거리고 "숙제하듯 시간 맞춰 약을. 먹으면서/아직 몸이라는 잔고가 남아 있다는"(「변명」) 변명 아닌 변명을 해 보지만 생과의 이별을 준비하지 않으면 안 된다는 걸 몸은 수시로 보여준다. 그래서 다시 감정이 격해진다.

> 오십에서 육십으로 내려가는 길은
> 돌계단도 아니고 절벽이다
> 가파르게 뛰어내리다 다친 다리로
> 절뚝거리며 가다 보면 알게 된다
> 걸려 넘어진 돌부리
> 그 미워하는 마음도
> 얼마 못 가서 이별이라는 걸
>
>   — 「이순에 들어」 부분

결국 시인은 "무엇이 남으랴." "어디다 남기랴."하며 죽음의 허무에 이른다. 여기에 이르면 현실에 대한 절망과 두려움조차도 무의미하다. 몸이 "오는 줄도 모르고 왔다가/가는 줄도 모르고 가는 것을" 알려 주기 때문이다. 이 세상은 왔다 가는 것이며, 따라서 그 죽음에는 어떤 짐도 남아 있지 않은 정갈함이 있다.

들락날락하던 정신줄을 뚝 끊어서 가네
서럽고 고단한 청상의 날들
두루마리 편지처럼 말아 쥐고
새파랗게 젊은 신랑 곁으로 백발이 되어서 가네
세상에 왔다 가는 자리가
당신처럼 정갈하고 깨끗하네

— 「그 여자가 가는 길」 부분

"파란만장을 앞세우고" 가지만 그녀가 가는 자리는 정갈하고 깨끗하다. 거기에는 어둠도 없고 절망도 없으며 한(恨)조차 남아 있지 않아, "가시는 걸음조차 가볍"다. 그것은 산불로 숲이 잿더미가 됐을 때 만난 "마지막 향기"이다.

지상의 아궁이가 되어 버린 산에서
제 몸이 관이고 무덤이고 울음인
나무들의 장례가 한창이다
여기저기 톱날에 쓰러지는 수십 년 수백 년
그들의 오래된 가계가 마지막 향기를 던지며 묻는 말
이 생애 우리는 다시 숲이 되어 만날 수 있을까.

―「산불 그 후」 부분

　주체는 결국 죽음을 통해 순수 자연과 만난다. 한 생명의 죽음은 또 다른 세계와의 만남이며, "사바세계로의 돋을새김 하는 옥계"에서의 만남이다. 그리고 그 만남은 또 다른 화장세계로 가는 길이다. 그리하여 시인은 다시 절정을 만나게 된다. '그' 절정은 마지막으로 홀로 가는 길이다. 그 절정은 본질적인 탈주가 이루어지는 계기이다.

번잡한 세상 소리
귀 닫아걸고
홀로 절정에 들었다

―「대관령에 스미다」 부분

죽음은 현실을 텅 빈 무(無)가 되게 한다. 여기에서 무는 감각을 뛰어넘는 정갈함이며 시정신이다. 시인은 감각을 통해 순수의 혼을 찾아 적막강산의 집에 들었으나 결국 그 감각마저 정신에 의해 고양시켜 절대적인 무에 이르게 된다.

4

김옥란 시인은 현실을 부정적으로 인식하여, 거기에서 탈주하여 순수의 혼을 찾아 감각을 연다. 열린 감각을 통해서 시적 주체는 순수한 소리와 형태를 찾는다. 탈주자로서의 시인은 순수한 감각의 언어를 통해서 때 묻은 현실을 극복할 수 있다고 여긴다. 그 순수 영혼이 거주하는 곳은 외지고 후미진 집이고 적막강산이어서 고요하기 그지없다. 시인은 그곳에서 홀로 순수의 절정 속으로 든다. 그 절정은 그의 시혼이 궁극적으로 추구하려는 푯대이며 시정신이다.

하지만 언뜻언뜻 그림자처럼 스치고 지나가는 '지금 여기'의 인연이 주체를 현실 쪽으로 뒤돌아보게 만든다. 결국 시인은 뒤돌아봄을 통해 자신의 상처를 덧나게 한다. 그렇지 않아도 적막과 외로움에 불안을 느낀 주체는 그림자들이 어른거리는 걸 따라 '그때' '어느' '누구'를 점호하게 된다. 그것은 감각에서 감정으로의 전이(轉移)이다. 거기에는 인연의 끈들이 실타래처럼 이어져 있고, 그 자신도 그 속의 존재임을 천형처럼 느낀다. 자신의 지금 여기의 자신을 돌아본다. 그리고 '그' '이' '그녀' 등으로 보다 강한 감정적 의지를 드러낸다.

그는 나이가 들어 병들고 죽음을 앞에 두고 있음을 깨닫는다. 그리고 세속의 인연이 그를 더욱 헤어 나올 수 없게 만든다. 결국 죽음의 문제와 맞닥뜨린 주체는 그 죽음을 홀로 맞닥뜨릴 수밖에 없음을 알고, 그 죽음의 허무 속에서 정신의 절정을 본다. 그 절정은 감각의 절정이 아니라 시정신의 절정이다. 그리하여 세상 소리에 귀 닫고 죽음처럼 고요한 '그' 절정에 든다. 여기에서 '그'는 이미 이르러 봤던 절정의 순간, 곧 청정한 세계 그대로를 이미한다. 거기에 김옥란 시인의 시정신의 푯대가 선명하다.

시와소금 시인선 149

마음의 골목

ⓒ김옥란, 2022, printed in Seoul, Korea

초판 1쇄 인쇄 2022년 08월 30일
초판 1쇄 발행 2022년 09월 05일

지은이 김옥란
펴낸이 임세한
디자인 유재미 정지은

펴낸곳 시와소금
출판등록 2014년 1월 28일 제424호
발행처 강원 춘천시 충혼길20번길 4, 1층 (우24436)
편집실 서울시 중구 퇴계로50길 43-7 (우04618)
팩스겸용 (033)251-1195 / 휴대폰 010-5211-1195
이메일 sisogum@hanmail.net
ISBN 979-11-6325-051-7 03810

값 10,000원

· 이 시집은 강릉문화재단 전문예술지원사업 지원금으로 발간되었습니다.